KB039916

길은 잃어도 꽃은 피고

춘천민예총 문학협회

시문 동인 4집(2022)

길은 잃어도 꽃은 피고

권산하
김 빈
김종수
김진숙
김택성
김해경
김홍주
노용춘
유정란
유태안
이정훈
정지민
정현우
정클잎
제갈양
조현정
최관용
탁운우

달아실

일러두기

보조 용언과 합성 명사의 띄어쓰기 등 본문의 맞춤법은 시인의 의도에 따른 것임.

제4집을 펴내며

언어의 세계는 저 광활한 우주와 같을 것이고 그 광활한 우주를 여행하는 일이야말로 시를 쓰는 시인의 즐거움일 것이다. 비록 무게도 느껴지지 않을 언어들이지만 우리 동인들의 손을 거쳐 탄생한 시는 시간과 공간을 초월해 빛날 것임을 믿는다.

2023. 10

춘천민예총 문학협회장 권산하

차례

길은 잃어도 꽃은 피고

시문 동인들의 시

권산하	유태안
김 빈	이정훈
김종수	정지민
김진숙	정클잎
김택성	정현우
김해경	제갈양
김홍주	조현정
노용춘	최관용
유정란	탁운우

권산하

춘천민예총문학협회장, 춘천민예총문학협회 회원.

48초*

　욕실의 네모난 타일처럼 분명하게 48초 동안 나는 사
랑하는 사람들에게 무슨 말을 할까 노래 한 소절을 들려
주려나 커피 한 잔을 따라 주려나 그것도 아니면 독한 양
주 한 컵을 원샷 소리치며 마시려나 48초 동안 지구는 동
에서 서로 돌고 어디선가 눈이 오고 비가 오고 또 밤이 오
고 해가 뜨고 강물은 흐르고 새는 막 날개를 펴고 수평선
을 날아오르고 지는 나뭇잎 걸음을 걷기 시작한 아기 같
은 풀잎들이 바람에 솜털을 흔드는 48초 동안 내가 사랑
하는 사람들은 지평선 넓이처럼 입을 벌려 웃고 울고 욕
실의 붉은 핏물 손목을 긋는 시간이 한 방울 두 방울 서서
히 떨어지다 결국엔 마른 입술을 핥고 48초 동안 흘리는
눈물이 일생의 모든 눈물보다 더 깊은 우물물 같이 흘러
내려 우주로 가는 푸른 눈이 되는가, 48초 이후의 나는 너
는 미립자처럼 서로를 모르는 채 저 어둠의 동굴에 갇힌
빛처럼 48초 동안의 사랑 기억을 지닌 채로 영원히 우주
의 떠도는 유적처럼.

---

　* 히로시마의 하늘에서 원자폭탄이 비행기에서 땅에 닿을 때까지의 시간.

꿈꾸는 7번국도

첫눈 내리는 역사의 난로 옆엔 자작나무 껍질 같은 이 야기들이 서 있고 담배를 문 흰 양복의 백석에게 내가 묻 고 또 다른 나는 듣습니다

— 애인은 당나귀이고 그럼 어머니는 어디에서 오고 있 나요?
— 길들의 탯줄을 따라 모든 길들은 북으로 오르지

나는 또 다른 나와 북극곰처럼 흰 털옷 입은 산 위 별을 봅니다 매 한 마리 휘돌다 사라집니다

— 세상은 자궁 안, 밀리고 밀려오는 저 밤물결의 파고 波高는 고통처럼 아름다워 빛들은 출렁이면서 빛나고 있 지

세상의 길 위에서 죽은 사랑을 꺼내 잎 피우는 내 생각 안으로 눈이 내립니다 시래기 된장국 같은 백석의 체온이 건너옵니다

— 어둠이 더 어두워져서야 그리움을 알았어요

　　— 영원은 언제나 마음속의 눈을 항해하지

　　더 이상 말소리는 들리지 않습니다 또 다른 나를 7번국
도 끝에 두고 나는 혼자 이곳으로 돌아왔습니다 백석도
눈에 파묻히고 아무도 돌아온 이 없는 그곳 길 끝에는 은
하철도 999역이 있습니다

연리지

돌 속에 생각이 삽니다
보세요 올핸 꽃이 피지 않았어요
마른 건 손이 아니라 눈빛
잎맥을 따라 오르던 물이 공중에서 당황한 순간
두 연인은 헤어집니다
각자의 손에 노을을 붉힌 채
땅으로 꺼지는 한숨을 길어 올리지 못합니다
스텝을 맞추는 건 그들의 몸을 통째로 입은
바람, 결이 있다면 날개를 접고 숨어들어
잠들 수 있을 테지만
숨은 끊임없이 사랑을 거슬러 오르는 꼬리를
가졌습니다 어쩌다 돌 하나를 버립니다
아직도 많은 돌들이 있습니다
용도를 잊은 물건을 쌓아놓은 창고처럼
해가 들지 않는 해의 심장처럼
생각이 돌을 따라서 땅 위에 내려앉습니다
두 연인은 아직 가시거리에서 등 돌리고 서서
무한대처럼 멀어지지 않습니다
한 번 잡은 손엔 돌자국이 있습니다

18

뾰족합니까 풍선처럼 터져버렸습니까
구겨진 웃음과 비벼진 슬픔을 걸치고
일그러진 사이의 길을 건너갑니다
두 연인은 고무줄처럼 늘어지다
멀어지던 속도보다 빠르게
서로 전속력으로 부딪칩니다
반짝,
부서지는 사랑을, 돌의 무거운
일생의 한 순간의 사랑을 가만히 주워듭니다

잃어버린 시
— 시문에 부쳐

— 가슴을 뛰게 하던 멜로디는 좀처럼 눈 위로 떠오르지 못했다

존경하던 형은 퇴직 후 표정이 없어졌고
카페 주인은 시를 쓰지 않았다

주름투성이의 바람은 무표정한 얼굴을 후려치고
한 잔의 커피와 한 다발의 시 비평 속
한 달이 가고 한 해가 갔다

노후를 생각하지 않는 시인이 되고 싶었지만
노후를 인질로 잡은 피의자가 되어 있었고
몇 개의 혹은 수십 알의 알약 같은 안부를
서로에게 묻거나 침묵하였다

가시면류관을 쓰지는 않았지만
가시덤불 같은 머리칼이 내려와
우리의 발길을 붙잡을 때
피 흘리며 가던 길 갈 수 있을까 묻다 보면
백지 위에서 길을 잃은 감정에 노을이 내리고

물 밑에선 끓어오르는 노래가 들려왔다

녹슨 못이 제 몸을 쥐어짜 녹물을 흘리며
그 벽을 기어코 뚫어 무너뜨리듯
새벽 눈길에 첫 발자국을 찍던 붉은 눈으로
가난한 지폐 위에다 시를 쓸 수 있다면

떠미는 세월의 얼굴을 한 편의 시로 후려갈길 수 있다
면……

닫혀 있는 문을 쾅쾅 두드린다,
저기 환한 사람들이 몰려나온다
스무 살 적 시집 같은 얼굴*들이

* 오규원의 「한 잎의 여자」 변형.

그림자 인생

　나는 당신이 서러웠어요 당신이 나를 서러워했어요 배불뚝이가 되어가는데 사랑의 무게는 오히려 줄고 있었어요 아버지, 친구들 애인, 한 번은 스친 적 있는 얼굴들이 자꾸 곁을 떠나는 거예요 뒤에 있든 앞에 있든 이빨이 없는 듯 살아 이따금 푸른 날에 비를 내리고 봄날에 눈을 뿌렸지요 당신을 안을 수 있는 날은 모두가 과거로 가서 벽처럼 거실에서 날이 샐 때까지 서 있었어요 입 안을 돌아다니는 노래는 도대체 처음과 끝이 같아 발이 닿지 않았죠 찬란했던 햇빛에서 오래 묵은 먼지 냄새가 났어요 당신의 어깨가 지워지며 웃음이 가벼운 옷자락처럼 나를 끌고 어디로 가는데요 당신은 여전히 말이 없고 나는 당신 속에서 갈피처럼 잠이 들었지요 고요한 돈강처럼 파고를 견딘 아늑한 구름 불온한 사상 모두 밥이 되는 시간은 불행하고 서러웠어요 당신은 아무리 불러내도 오지 않는 약속처럼 늘 그만큼의 거리에서 나를 껴안았지요 나는 그런 당신이 너무 서러웠어요 부디 당신은 나를 서러워하지 말아요 여전히 떨어지지 않는 수수께끼처럼 오늘도 이별은 우리를 꿈꾸며

김 빈

2006년 『시현실』로 등단. 춘천민예총문학협회 회원, 강원여성문학인협회 회원, 빛글문학 동인. 시집 『시간의 바퀴 속에서』 『버스정류장에서 널 기다리며 잠든 꽃잠』

가족사진

손자가 말했다

할아버지 사랑해요

감긴 눈 다시 뜨더니

가족을 사진 찍듯

남은 한 호흡으로 모두를 담고

눈을 감았다

시놉시스

떠날 것이다 나를 찾아서

제대로 고독하게 살아보려고

고독이 고독하여질 때

돌아올 것이다 나에게로

있지-있지

꿈꾸듯 자신을 잃어버리고 꿈 아니듯 일상 언어를 잃어
버렸다
이미 오래전 대화가 끊기면서
습관처럼 있지-있지가 너에게 가는 필수조건이 되었다
이 바보야, 등신 천치처럼 있지-있지 하지 말고 말을 해
있지~ 쑥 들어가 버린 말꼬리
이상 기온은 계절을 바꾸듯
시절 없이 꽃이 피고 진 지 오래
헉헉 숨을 짧게 끊으며 겨울비 여름을 끌고 와
눈 덮인 풍경을 훑고 간다
천지 분간 없이 숨어 울던 지난여름
수몰 지역 지붕으로 올라간 황소처럼 어찌할 바를 모르
는 너를 싣고
앞도 안 보이는 폭우 속을 달려 서울을 올라 내렸다
죽음 안에서 점점 무거워지는 너를 끌고
천 개의 문을 들락거렸다
천 개의 바람으로 천 개의 상처를 어루만지며
이 정도면 괜찮아
매 순간 변화를 꿈꾸고 있다

잠에서 일어나면 수북이 쌓이는 비늘들

쓸고 훔치며 네가 새롭게 태어나는 중이라는 걸 믿었다

너는 비늘을 날리며

나는 퍼붓는 욕설 훌훌 털어내며

아픈 것을 털어내는 중이라는 걸 믿었다

아직은 살아 있어서 다행이라고

눈을 감고도 눈을 뜨고도 나는 365일의 꿈을 꾸고 있다

너와 내가 한마음 되어 있기를

그래서 내가 너를 보내고 그리워할 수 있기를

있지-있지

그럼에도

몸이 안 좋아지자 일주일을 게임방에서 살았습니다

나는 게임방에서 쓰러질까 조바심을 내고 끝내 입원 후 일주일 만에 당신과 이별을 했습니다

예감을 하고 먹고 싶은 것이라든가 하고 싶은 것이라든가 나에게 남기고 싶은 말 있으면 남겨달라고 미련을 떨었습니다

내 미련에 정점을 찍듯

당신이 나에게 유언처럼 남긴 말은 이제 게임도 못 할 것 같다며 게임방에 남겨놓은 십만 원 있으니 찾아 쓰라고 했습니다

당신이 무거웠던 삶의 무게를 내려놓으니 버거웠던 내 어깨가 홀가분합니다

지탱했던 모든 것으로부터 맥없이 흘러내려 힘이 빠지는 것 같기도 합니다

서로 힘겹게 버티며 살아냈던 모든 것에서 벗어난 흐름의 여유도 없이 당신이 있어도 없어도 이 허허로움은 어디에서 오는 쓸쓸함일까요?

이제 괜찮아, 괜찮아질 거야 꿈에서도 현실에서도 되뇌며

나는 당신에게 당신은 나에게 어떤 형상으로든 스미어

당신의 자유와 나의 평안이 그 어떤 빛에라도 반사되어
흐르기를 내가 살고 있는 일상에 당신의 자유를 저장합니다
　나의 평화를 응원합니다

잘못된 만남의 이력

씨의 기원이다

바람 같은 사람에게 마음이 생겨나
기댈 곳이 필요했던 나는 기댈 궁리만 하다가 허공에
몸을 묻었다
그를 붙들고 살아야 했던 나는 호적을 그에게 두고 반
찬이 되고 밥이 되었다
몸을 깨우고 뼛속까지 녹여 달의 기운으로 생명을 부화
시킨 나는
온 생을 덤불처럼 엉켜서 풀어낼 엄두도 못 냈다
서로 다른 곳을 보며 곪아터지는지도 모르고
돌아볼 겨를도 없이 죽어라 일만 하고 살았다
결핍은 무뎌져서 상처에 상처를 만들며 깊은 옹이가 되
었다
삐쭉삐쭉 물오를 때마다 달의 기원은 꽃잎이 떨어지는
쪽으로 기울었다
소름 끼치도록 세상에 없는 욕을 퍼부어 대며 순식간에
영혼까지 해치웠다

그 허상 앞에 눈멀고 귀먹어 아무런 이유도 의미도 없이 영혼만 갉아먹혔다

엇갈린 이동 경로

그가 응급으로 입원했습니다
응급으로 달아준 심장 체크기가 그에게는 날개입니다
제멋대로 돌아다니고 있습니다
그의 이동 경로 따라잡지 못하는 나는
나란히 누워 이동 경로 확인 중입니다
엇갈린 경로를 따라잡아 적어야 하고
그에게 집중해야 합니다
그에 이동 수신이 끊어지지 않도록 알려야 합니다
점점 느려지는 아득한 시간 속에서
그는 빠르게 움직이고 있습니다
경로를 이탈한 그는 병에 대한 숙지가 없습니다
밀려가듯 반복되는 시간 속에서
숨 막히는 술래 어디까지인지
코로나19보다 더 빠르게 움직이는 이동 경로
나는 그에게서 코로나보다 더 빨리 벗어나고 싶습니다

김종수

전 춘천시민언론협동조합 주간신문 '춘천사람들' 이사장. 춘천민예총문학협회
원. 시집 『들꽃징역』 『엄니와 데모꾼』

안개도시

사랑에 속은 자
사랑을 잃은 자
사랑을 빼앗긴 자
가슴 시린 자 모두
춘천으로 오시라 춘천은
안개처럼 몽환적인 곳
방황하기 딱 좋은 곳이다
혹시 누가 아는가
안개 같은 연인을 만나
안개 속에서
안개 같은 연애를 하게 될지
혹시 또 모를 일이지
연인과 단둘이
안개 너머 도원으로 사라질지

연애

그대
우듬지 스치고
잎새 어루만져
꽃잎 흔들고
온몸 살랑이다
가는가
휙
지나가는가
바람으로

춘야몽주 春夜夢酒

북녘 하늘
별 둘이 마주보며
수억 년을 반짝이더니
찰나의 순간
어둠 속으로 사라졌지요
억겁의 시간은 흐르고 흘러
달빛도 외로운 봄밤
돌담 옆 도화 나무 아래
서성이는 그림자 하나
무에 그리도 그립다
수억 광년을 숨 가쁘게 오셨습니까
복사꽃 저리 난분분하니
취하지 않고서야 긴 밤 어이 지새우리오
어여 들어와 한 잔 받으시오

어떤 이별

1. 자세

바람 불고
비 내린다
오면 가는 인생인데
가면 또 오는 인연인데
오고 가고 가고 오는 틈새에서
가쁜 숨 몰아쉬던 사람 누구인가
비는 내리고
바람은 불고
너와 나 갈대처럼 흔들리는데
조금씩 멀어지던 창밖의 슬픈 시간아
돌아선 뒷모습이 쓸쓸하던 사람아
너는 너의 자세로
나는 나의 자세로 이별을 노래하겠네

2. 실연

골목길 수은등 아래
눈 내리는 밤은 깊어
실연의 풍경 소복소복 쌓이고
지상에서 가장 고독한 노래
술잔 속 방황은 깊어
그리고 먼 훗날
골목길 보안등 아래
눈 내리는 밤도 깊어
잊힌 이야기 소복소복 쌓이고

3. 재회

첫 키스 설레던 고백은 찰나였으리
먼저 허물어지는 누군가는 꼭 있어서
눈물 젖은 새벽별 바라본 날도 있었으리
광야를 떠도는 광인처럼 잠시 뜨거웠을 뿐
파국의 복선은 무심한 강물처럼 흘러갔겠지
어느 날 우연히 다시 만나면

누구라도 고독한 눈빛이겠지
그대 지금은
물안개 피는 갈대숲 어디쯤 홀로
붉게 저물고 있을까 알 수는 없지만

4. 뒷골목

오래된 풍경 속
질풍노도 불타던 시절이었던가
폭풍의 거리를 떠도는
은밀한 바람 같은 시절이었던가
바닥도 없이 튀어 오르던 청춘이었던가
날것의 냄새 휘감아 돌던 그대는 가고
선술집 구석진 자리
나이 지긋한 사내 홀로
자작하는 술잔마다 비가 내리네 비가 내리네

5. 연습은 없다

등을 보인 사람 누구인가
등을 본 사람은 또 누구인가
저만치 멀어지는 듯
돌아서서 멈춘 사랑아
손 흔들며 울고 있는 이별아
가을비 내리고 낙엽은 지는데
가슴 시리게 방황하는 사람 그 누구인가

대작과 독작의 변증법

뜨겁지 않다면 어찌 사랑이더냐
차갑지 않다면 어찌 이별이더냐
끝내 못 한 말들 가래처럼 고여
내뱉지 않으면 평생 병이 될 것만 같아서
술 마실 핑곗거리는 지천으로 널렸으므로
너와 나 건배 또 건배
하냥 마시고 또 마시다가 아무래도
하얀 비밀 하나쯤은 남겨둬야 할 것만 같아서
뜨겁게 살다 간 매미의 생애처럼
오늘은 그저 뜨겁게 울고만 싶네
그러나 한편은
울음을 떠나보낸
그 짧았던 생의 껍질처럼
툭 건들기만 해도 부서질 것 같기도 하고
또 딴에는
지금 무너진들 무에 어떨까 싶기도 해서
무슨 말도 없는 독작 비구름 아래 골똘해지네

괴담, 2023

1. 황색언론은 도처에서 우리의 뇌를 노리고 있다

가짜뉴스는 끝까지 추적해 반드시 처벌하겠다는
정부 당국의 발표가 있었다
"2011년 당시 일본 정무차관 소노다 야스히로는
후쿠시마 원자로에서 나온 방사성 물질은
정화를 통해 안전해진다는 것을 증명하기 위해
원전 근처 몇몇 샘에서 모아온 물을
기자들 앞에서 벌컥벌컥 마셨고 지금은 실종 중이다
TV 방송에서 후쿠시마산 야채를 먹은 캐스터는
급성 림프선 백혈병에 걸렸다"
라는 국내 모 언론의 보도가 있었으나
해당 언론사에 대한 검찰의 압수수색이나 취재 기자의
처벌은 없었다

2. 하늘에 울타리가 없듯이 바닷속은 경계가 없다

우럭과 광어와 도다리와 멍게와 해삼과

산 오징어가 숨 쉬고 있는 노량진 수산시장
그 짜디짠 수조 물을 퍼 마시다니 참 기특합니다
그 갸륵한 정성에 힘입어
핵 오염수는 안전해졌습니다
국민의 걱정은 한갓 괴담이 되고 말았지요
113년 전에도 비슷한 일이 있었습니다
천황의 살뜰한 배려에 중독된 신민들이
독립이라니 어찌 가당키나 하겠습니까
그러니 113년 전 그날처럼 오늘도 우리는
나라까지 통째로 말아먹던 장인정신을 발휘하여
천황의 똥꼬나 열심히 빠는 게 상책 아니겠습니까
독립은 꿈도 꾸지 않겠습니다
돌고 도는 것이 세상사 아니겠습니까
113년 전 그날은 다시 왔습니다
마침내 오고야 말았습니다 천황폐하 만세!

3. 돌연변이인가 진화인가

핵 오염수 방류 50년 후
바람 스산한 2073년 가을
별빛은 고요하고 달빛 푸른 밤
꼬리지느러미가 다리로 변한
돌고래 암수 쌍쌍이
해운대 백사장에 떼로 몰려와
음악에 맞춰 왈츠를 추는데
하늘에는 아가미가 허파로 진화한
날치 수천 마리가 군무를 펼치는데
푸른 밤과 어우러져 그야말로 장관이었다
그 경이로운 장면을 놓칠세라
지구촌 방송사들이 앞다퉈 몰려와 생중계했다
춤곡은 장송곡이었다
— 오오! 놀라워라 장송곡에도 춤을 출 수 있다니
돌고래와 날치의 눈빛은
달빛이 무색할 정도로 짙푸르게 번득였는데
공포감이 들 정도로 괴기스러웠다
물론 이것은 괴담이다
해 뜨는 동해가 핵 쓰레기장이 되고

태평양도 인도양도 대서양까지 마침내
오대양이 핵 방사능 하치장이 될 것이다
이 말 또한 괴담이다
괴담이든 사실이든 50년 후
나는 없을 텐데 무슨 상관이란 말인가
이현령비현령 천공의 역술이 바로 과학
국민의 걱정은 과학이 아니므로
우매한 개돼지의 괴담일 뿐이므로
그러므로 고상하고 현명한 우리는 지금
아무런 걱정도 없이 다만 편안한 것이다

김진숙

2009년 『시와 창작』 수필 등단. 2012년 『시현실』 시 등단. 빛글문학 초대 회장 역임. 강원민예총문학협회·춘천민예총문학협회 회장 역임. 춘천민예총문학협회 원. 시집 『사람을 생각하는 일』.

김해 내외동시장에서

발정하는 밤꽃이 휩쓸고 간 칠월의 내외동 시장
피뢰침 같은 햇빛
난전 파라솔 아래, 할매 얼굴 검버섯이 파랗다

쇳소에 밤꽃내 넣어 쪄낸 찐빵가게 복작되는 걸 본 할매

쪽파 1,500원
봉숭아 5개 10,000원
봉숭아 주무르지 마세요 영감 붕알이 아닙니다

할매가 펴 놓은 박스에 완판을 노린
카피라이팅

꽃 꽂은 여자

폐경이 되어도 꽃이 피는 여자가 있다
뻥튀기를 좋아하고 풍선껌을 아주 잘 불었다

늦은 오후가 밤 열 시 쪽으로 기울 때
마포 자루를 든 마트 남자는 여자를 쓸어 밖으로 버렸다
여자는 풍선껌을 더 크게 불었다

여자의 가늘어진 다리 사이로 역마살이
풋내를 풍기며 갈 곳을 찾는다

허공이 그녀의 출생지라
지상에서의 발 디딤은
운명의 이탈임을 여자는 알 도리가 없다

아침이면 어김없이 여자는 안개 묻은 풍선껌 불며
마트에 출근해 갖은 참견을 하더니
요즘 안 보인다

여자의 안부가 궁금하다

명의

허리 아프다고 투정하자
딸이 주말에 두 명의 명의를 데리고 왔다

가위바위보
목덜미를 꾸우욱
어떤 손가락이게

동동 동대문을 열어라
남남 남대문을 열어라
12시가 되면 문을 닫는다

우리 집에 왜 왔니 왜 왔니
꽃 찾으러 왔단다 왔단다

명의는 레크레이션 치료 끝내고
한 달 치 처방전을 주고 늦은 밤 떠났다

허리가 더 아프다

월남댁

한여름에 떠나와
낯선 이들 속에서 빌려 쓰는 언어
묵언하는 그녀
곁방살이하듯 땅을 밟는다

빛마저 다른 이곳에서
눈, 코, 입 똑같은 싹
말없이 올리고
감정과 육신을 파괴하는 남자에게
급히 두 손 모아 합장한다

메마른 옥수수
숨겨놓았던 눈물로 쪄낸 저녁
마주한 손 놓을 수 없어서
가슴에 켠 등 하나씩 불을 끄며
고향 집 옥수수밭으로 달려간다

갈라진 뒤꿈치 벌건 핏물
단 한 번의 위로도 없이

이 땅에서 저 땅까지 번지며
그녀를 태어나게도 하고 죽게도 하며
침묵하고 있다

습작

출생 신고
못 한
아이들
노트 속에
갇혀 있다

김택성

2009년 『문학마을』 등단. 춘천민예총문학협회원. 수향시낭송회 회원. 시를뿌리다 회원. 시집 『수요일 7시』 『나의 장미여』.

효자동 낭만골목 벽화

춘천의 효자 반희언의 집이 있고
천사의 날개 노래하고 있다
웃는 소녀 머리에 푸른 잎, 꽃들이 솟아나고 있다
낡은 골목
뻥튀기 소리 아이들 귀를 막고
만원 버스에 차장이 매달려 있다
연탄불에 달고나 뽑기를 하는 아이들
나는 타임머신을 타고 은하수를 건너다

꿈속의 파란 대문집

햇살이 마루를 비추다 따뜻하다
바람이 달려와 마당에서 쉬다 나를 바라본다
"안녕, 반가워."
마루에 누워 하늘을 본다
구름이 흘러간다.
나는 구름을 타고 두둥실 머얼리 날아간다
산 너머 쌍무지개가 떴다
무지개를 타고 오르락내리락 뛰면서 놀다
푸른 바다 고래를 만나 인사하고 놀고 헤엄치다
끝없이 넓은 평야. 구름과 놀다 바람과 놀다
바람의 손을 잡고 집으로 돌아오다.

걸어오는 봄

산을 걸어가다 문득
눈을 뜨니 햇볕이 따뜻하다
안경을 벗었다. 달라진 세상
언제 나는 진실을 볼까?

내 마음 어딘가 폭설이 내렸다
얼었다 녹았다
꽃이 피고 새가 올까?
사랑이 올까
햇볕이 따스하다.
봄이 맨발로 걸어오고 있다.

화천 미륵바위*

목련꽃 벌이 모이고 벌레가 달려든다
새들은 V 자로 날다
미륵바위*에 기도하다
바위를 만지자
미륵이 일어나 강을 걸어간다
배고파 뼈다귀해장국을 먹다
내 안의 늑대가 뼈다귀를 뜯고 있다
늦은 밤 붉은 벚꽃을 보다
봄이 강을 건너고 있다
먼 산 늑대 우는 소리

* 화천 미륵바위 : 화천 북한강 강변에 있는 5개 미륵 모양의 바위. 미륵
  바위에 기도하여 과거시험에 장원급제했다는 전설이 있으며, 소금 배의
  안전 귀향과 장사가 잘 되기를 기원했으며 지금도 제를 지내고 있음.

겨울

눈보라 치다

나무는 벌거벗었다

떠나가는 청춘에게

노래를 불러주었다

사랑은

떠났다

김해경

2020년 『시인정신』 등단. 춘천민예총문학협회원. 빛글문학 동인. 시집 『오후 네
시의 그라나다』.

원형의 법칙

둥글게 둥글게 살기로 했어
공처럼

공은
손 안으로 품 안으로 하늘로 날지
발로 찬 공은 황금 트로피와 잠을 자기도 해
너에게도 누구에게도 가능하지
공처럼 단순할 수 없지만
세모가 네모로 육각형으로 변한다면 백마법 같은 꽃을
피우기도 할 것을

공은
뜨거운 손*의 오류를 범하기도 하고
과하게 힘을 쏟으면 땅끝을 보기도 해
거칠어지고 사나워져
탐했던 먹이를 덥석 물어 올가미에 걸려들기도 하지

공은
원이라는 무한한 가치의 불변처럼

굴러 원 안으로 들어갈 때
기쁨의 원형 반지가
해와 달이 예고하는 하루치 기대로 오르지
빛의 고리가 둥근 사랑으로 발하고
별의 무덤이라는 블랙홀로 사라질 때까지
공은 굴러야 하는 원형原形으로 하나가 되기까지를
깃털처럼 가벼워지고 티끌로 사라질 때를
오케이 사인이 미친 듯 달리게 하듯이
부드럽게 구르며 용서를 구하는 원

* 농구 경기에서의 현상.

나무가 베어지던 날

이층에서 한참을 내려다보는 거야
밑동이 잘린 큰 나무 속이 뻥 뚫렸다는 거
푸른 잎을 가진 나무가
꼿꼿하게 병들어 가고 있었다는 거
무성한 잎 속 속을 알 수 없는 거지
어머니의 탄식처럼
'내 속이 문드러져' 이런 말
할 일을 마친 나무가
속이 빈 채로 드러누웠어
쓸쓸했어 내 속이 속이 아니었어
나무 아래 비를 피했어
쨍쨍한 햇볕 속에 숨기도 했어
밑도 끝도 없이 내주기만 했지
집 한 채가 사라진 그 휑한 자리를
속이 비어가는 나를 모르는 거야
트럭에 실려 가는 나무를 따라
너의 그늘을 살펴보곤 해

현을 위한 아다지오*

수송 헬기 아래에서
울부짖는 병사의 영상이 스친다
적이 없는 적을 향했던 방아쇠가
명분 없는 명령만 남은 전쟁터가
하얀 먼지로 덮인다
바람이 휩쓸고 간 벌판
헬기는 멀어지며 구름 속으로 사라진다

음악이 화면에 가득했던 날
모두가 떠나간 영화관 의자에 앉아 있듯
어느 날 갑자기 필요해진 돋보기안경처럼 필름 속 한순
간을
이천이십삼 년 오 월 이십사 일 이웃 나라 전쟁이 계속
되는
폐허 속을 거닐어 본다

* 사무엘베버.

Cafe, 씨엘*

그녀의 눈에서 물안개를 본다
'십 년을 눈이 호강했어'
일 년 전 카페를 닫은 그녀의 목소리가
여름 풍경을 그린다

산마다
장마가 만들어 낸 섬을 만난다
도시는 잠시 쉬어간다

오래전 안개가 강가를 덮었을 때
그것을 안개꽃이라 했다
장마에 강이 범람할 때나
비 개인 다음 날 햇살이거나
풍경을 바라보거나
그곳을 지나갈 때나
머무를 때
서성거리며 콘수엘로 러브 테마를 듣는다

거대한 강물 앞에서 아쉬움을 놓아버린 자리

안개를 벗은
그녀의 목소리에 물기가 묻어난다
파랗게 짙게 번진다

* 춘천 동면 솔밭 인근에 있었던 카페.

누리호 3차

소형 위성 2호가 누리호를 타고 떠났다
라면을 젓가락으로 들어 올리는 순간
화면 가득 솟아오르는 불꽃
팽창된 내 심장이 화면으로 들어간다
커진 동공 들린 콧구멍 살짝 벌어진 입
'드디어 해냈습니다' 함성에
주르륵 젓가락 사이로 흘러내린 라면 면발이
옷 위로 쏟아지며 세계지도를 그린다
냄비에 남은 라면을 먹으며
페어링 분리 성공을 듣는다
창밖 분홍 노을이 멀어지는 저녁
지구본 위에 선다

김흥주

1985년 민중무크지 『새벽들』로 작품 발표 시작. 1989년 계간문예지 『시와 비평』으로 등단. 춘천민예총 초대 회장 역임. 현 춘천민예총 회장. 한국작가회의 회원. 시집 『시인의 바늘』 『어머니의 노래에는 도돌이표가 없다』 『흙벽치기』 『내 마음의 빗질』 동시 서평집 『꿈꾸듯 동시에 꽃을 피워요』 등.

인도 1

내일이 오늘 같고
오늘이 내일 같다

귀 둔해지고
눈 밝아진다

육신을 태우고도 살아난다는
숨을 곳 없는

시간은 멈추고
굽은 마음의 평온이여

버림당하고도 향 피우고
어둠 거둬가는

인도.

인도 2

희망이라는 달콤한 고문이
브라만人 흰 콧수염 끝에 달려 있다

뭄바이 뿌끄시 람데끄띠 빈민촌
짜빠띠 한소끔 끓여 딸아이 학교 보내고
하수구 밑바닥 푸는 남편 도시락 싸 주고
먼 길 걸어온 수드라人 스리가니

옥상으로 시멘트 반죽을 퍼 나르는 일
맨발이 차라리 편하다는 그 미소

발목에 달린 고리 소리는 근접 경고문
'나는 저주받은 인간입니다'

시멘트가 굳으면 일당 소멸
점심 없이 거푸집 채우는 일상

하루 일급 400루피
햄버거 한 쪽도 안 되는

쌀 사고 공책 사고
계란 하나라도 더 챙겨야 하는 노동은
노을 비친 빈디 붉은 점 위에
더욱 빛나고 있다

엄마 기다리던 딸 조이
사리 품으로 숨어든다

인도 3

눈 위에 눈 있고
눈 아래에 눈 있다

떠 있어도 감은 듯
감고도 뜬 듯

세상을 보고도 못 본 듯
안 봐도 아는 듯

들여다볼수록 어둡고
어둠 속에서 내가 보이는
인생 종착역

인도

인도 4

긴 천으로 허리를 묶어
자신을 결박하고
넉넉히 주름 잡고
화려한 의상 속 춤사위

길면 밟히고
짧으면 유혹이다

남은 천을 옆구리로 힘껏 돌리고
잘록한 허리선이 보일 듯 말 듯
풍만한 가슴을 스쳐
엉덩이를 감싸고
남은 천을 왼쪽 어깨 위로 늘어뜨린다

씨실과 날실을 엮어 테두리는 화려하게
촐리로 배와 가슴을 꽉 죄게

흔들 수 있는 모든 부분에 고리를 달아
이마 귀 코 입술 목 손가락 발목 발가락까지

머리에서 흘러내린 얇고 긴 뚜파타

온몸 흔들며 춤추는
야무나강 노을에
사리를 입은 무희가
타지마할 흰 대리석 위에
몽환적으로 스며들고 있다

인도 5

아버지를 태워 갠지스에 뿌려야만
윤회의 사슬을 벗을 수 있다는
강가

아그니 신성한 불씨를
마른 풀로 옮겨
다섯 바퀴를 돌고
점화해야만 한다는 섭리

가뜨 안쪽으로 높게 쌓여 있는 장작더미
도끼로 화목을 패는 아르띠

물 흙 불 공기 공간

억겁이 강물이 되어 흐르는 곳
천의 얼굴

아르띠는 오늘도 일몰에 뿌자를 띄우고
떠내려가는 영토를 따라

하루의 카르마를 접고
긴 기도를 한다

세상의 모든 언어들이 불타고 있다

인도 6

혼자 있어도
당신과 있는 듯

기다리고 있으나
이미 스쳐 지나가고
기다리는 공간만 남아

비어 있어도 황홀한
갠지스 강
실눈 같은 초승달

멈추어도 가는 듯
길을 잃어도 꽃은 피고
여여함의 흔들림 속의
몰아의 경지

나와 내 밖의 내가 만나
별을 채우는

바라나시 가트 위에
해가 진다

인도 7

당신이 따듯하여 인도에 왔습니다

아무 일도 하지 않는 것이
나를 가득 채우는 일

비어 있을수록
단단해지고

밖이 단단해질수록
내 안의 내가 부서지는

꽃은
그 안에서 피고 있었습니다

노용춘

춘천민예총 회장 역임. 춘천민예총문학협회원. 수향시낭송회 회원. 시집 『낙엽은 시냇물을 흐리지 않는다』 『세상에서 가장 아름다운 편지』 산문집 『이것이 사랑 그것이 이별』

안개

강과 산 해치운다
만나 어우러지다 사라지는
작은 물방울의 큰 깨달음
한 조각 윤회인 것
주도하는 세상 비밀은 없다
감추고 드러내는 머무름의 조화
감정 묻는 질곡의 마술
의연히 제 길 간다
무채색 찰나에 고인 삼라만상
그저 그리우면 그만이다.

사과꽃

우주별에서 내려와 앉은 나비
바람처럼 슬픔 정제할 뿐이다
본성이 착하지 않을 수 없어
봄바람에 뒤집히지 않는다
어디에나 있으면서 어디에도 없기에
빠른 변화에 제자리 지키고
많은 것 품고 요동치지 않는다
화려하거나 수수하지 않아서
진심 진하게 배어 나오는
그것

봄엔 바람이 분다

간밤 찾아왔던 꿈 뛰어다니고
떨림으로 시작된 폭발
경이로움으로 번져간다
생명 잉태시키는 열정
순환법칙 벗어나지 못하고
싱그러움에 얽혀 정착한다
밝고 활기찬 분위기로
세상 휩쓸며 세상 헤집는
바람
봄에 분다

낙엽의 무게

햇빛은 바다에서 태어나
바다에 진다
낙엽은 나무에서 태어나
하늘 향하다가 땅에 진다
파도는 바다에서 태어나
바람의 등쌀을 견디다가
바닷가에 진다
파도 지는 바닷가에는
메마른 수다 두런거리고
고산에 올라앉은 산성에는
고통과 연민 어른댄다
나무와 함께하는 낙엽에는
햇빛과 물방울과 고요가
무게를 더하고 있다

가을꽃은 오래 핀다

오랜 기다림의 결과

계절 끝내는 아쉬움
기억하기 먼 길
생동감 묻힐 겨울잠
흘러가다 멈출 인연
버리기 아까운 사람
꽃으로 피어났던 바람들
모든 것을 담은 가을꽃
불쑥 밀고 들어오지 않고
지천으로 물들이지 않고
애잔한 향기 퍼뜨리지 않고
강태공 인내로 기다리면서
농축과 숙성 한 데 모아
선과 색으로 표현하고
쉽게 피우지 못해
빨리 지지 못하는
가을꽃은 왜 오래 피는지

유정란

춘천민예총문학협회원.

만동묘 가는 길

눈이 쌓여 운영담 위에 그윽한 지상이 생겨났다
수면 위에 쌓이는 눈의 길 햇살만이 걸어가는 길

새소리도 인적도 폭설에 폭폭 지워져
설해목 가지로 사라진 길을 찾으려 한다
눈 속 사라진 길들의 거처는
황양목 속 숨어 있는 햇빛과 어둠

팔각지붕 외삼문 들어서면
북향을 향해 삼배하고 있는 돌담
돌담 안의 주인은 열하의 세상
백성의 살가죽과 뼛가루가 봉진되어 묘정비를
받들고 있는 것만 같다

한 사람의 말이 천 년을 강학하는 한낮
햇살도 이곳에선 허물어진다

하지의 낮

태양은 북쪽으로 그림자는 땅속으로 길을 틀었다

찔레나무는 따가운 햇살에 노란 꽃술을 들어올린다
무엇이 무엇으로 열망하는지도 모르게

밤은 짧고 날이 길어 아직 나의 시력은 유용하여
햇살의 신경줄에도 너는 투영되고 잠들지 못하는 눈이
아르고스 눈처럼 버겁다

날이 저물지 않아서
마른 풀잎 위 애벌레 노곤한 회상처럼
지나온 발자국들이 잿빛 날개였다고 우겨볼까

구름장이 먼 곳에서 해를 가리러 오고 있다
예감한 이별처럼 비는 내릴 것이니
꽃잎에 달궈진 마음만 손차양 그늘로 저물어가네

월하별리*

담장에 숨어 당신을 훔쳐보는 것이 병증이 되어 가는데
어제의 당신과 오늘의 당신이 이 골목 어둠을 흩어놓는다

당신과 나는 구름에 가린 달빛
한낮에 손을 잡고 거리에 나설 수도 없고
기나긴 밤 한 허리 베어낼 재주도 없으니
아무것도 아닌 당신으로만
아무것도 아닌 나로만 살아갈까

숟가락 뒤적거리는 저녁마다 가장 윤이 나는 밥상이
당신의 헛기침 소리로 흥건하길 바라고 바랐던 날들

담장 너머 자귀나무는 어둠 속에서도 합환의
꽃을 피우는데
어두운 밤거리 내가 숨어서 본 것이
당신이 아닌 당신 내가 아닌 나였네

* 신윤복, 그림 〈월하밀회〉에서 차용함.

노래하듯이

핸드폰 스팸 문자 소리에도
마음이 슬며시 모아지는, 그런 적막한 날이 있다

TV 화면 연두색 머스캣 같은 걸그룹 소녀들에게서
무지개와 꽃향기를 우리가 언뜻 느끼는 것은
천 개의 관절이 형형색색의 노을로 서로를 물들이기에

램프 속 지니의 고독한 잠이 마법의 가루가 되듯
독 안에 든 쥐에게 마지막 한 쾌가 있듯

여름 장맛비는 돌의 귀를 열게 한다는데
핸드폰을 무음으로 꾸욱 누른다
마른 목구멍에서 흙을 다지는 허밍의 소리가 들려온다

토마토

중세 어느 나라에서는
독성이 있다 믿게 하여 먹지 못하고
정원에 심어 눈요기만 하였다는데

한쪽 눈이 어두운 정원사 밤마다 젖가슴 같은
토마토에 어금니 자국 남기고
독처럼 스며드는 시큼한 맛에 온 밤을 떨었겠지

오래된 속설은 무모한 가설의 모종이 되기도 한다

나에게서 달콤함을 원하지 말아줘
너에게서 향기를 탐내지 않을게

엄마 옷자락을 놓쳐 울던 나에게
노점상 노파가 어르며 손에 쥐어 준 토마토
빨강은 사라지다
나타나고 작아지다 많아졌다
둥근 감각이 어린 손을 찌른다

겉과 속이 한통속 고집인 토마토

도마 위 토마토 과도로 스윽 자르면

두려움이 지나갔다는 듯 토마토가 빨갛게 웃는다

유태안

2009년 강원일보 신춘문예 시 당선. 강원민예총 문학협회장. 춘천민예총문학
협회원. 시집 『은유로 나는 고추잠자리』 『아이러니 염소』 『말의 사다리 오르기』
2019년 『아이러니 염소』 세종도서 문학나눔 선정.

습자習字

서예 습자지에 붓으로 물 글씨를 쓴다 까맣게 새겨 내려간 글자들이 습자지 위에서 기억처럼 증발해 사라진다 오래전 시간의 철자들을 호출하듯 감사 이별 웃음 참새 아침 봉숭아 샤스타데이지 희망 떠오르는 대로 쓰고 또 쓴다 기억나지 않다가 며칠 후 나타나는 옛 동료 교사 이름처럼 멀리 갔던 단어들 왔다가 시나브로 안타깝게 사라진다 너만 그런 게 아니야 나이 들면, 슬픈 위로가 분노로 바뀌려 할 때도 붓을 세우고 방향 전환하고 회봉하며 꾹꾹 눌러 글씨를 쓴다 당연하지 않은가 다 가져갈 수 없어 놓아 보낼 준비를 하는 거라구 지워져도 쓰고 또 쓰며 아름다운 글씨를 쓸 수 있는 거야 붓을 세운다

사람과 사람속 사람종

무상無常한 세월이다 스무 살 푸릇푸릇할 때 대학에서
만났는데 벌써 사십 년이 지나 머리가 하얗게 세서 만났
다 여기저기 고장 난 문제투성이라며 아픈 데는 없는지
묻는다 그도 나도 바뀌었는데 바뀌기 전 옛날로 돌아가
오늘을 얘기한다 빠르게 바뀌는 만큼 빨리 종말에 가까
워진다는 물리 법칙을 끌고 와 느리게 사는 게 바르게 사
는 거라는 진담 같은 농담(혹은 그 반대), 한국 사람들의
빨리빨리 기질을 비웃지만 부러워하는 나라 사람들 많다
는 얘기부터, 지구 리셋설을 믿는, 외래 문명설을 믿는, 사
후 환생설을 믿는 여기저기를 기웃거리며 나이를 먹었다
아무것도 확실하지 않은 내일로 가고 있다는 공통점으로
한 부류로 분류되고 있는 그와 나, 동물계 척삭동물문 포
유강 영장목 사람과 사람속 사람종 다시 만나야 할 이유
를 내려놓고 사는 거 다 거기서 거기라는 위로도 내려놓
았다 그는 사후 환생 열차에서 사후 천국 열차로 갈아탔
다고 한다

전설傳說

문학창작 수업을 듣는 아이들에게 전설을 설명한다 '살아 있는'이란 수식어가 붙지 않는다면 전설은 현재가 아니라 과거다 전설들의 최후는 슬프다 전설이 아닌 사람들의 최후도 슬프다 그럼 전설이 되지 않았다고 슬퍼할 필요는 없겠지 인생은 어차피 슬픈 거네요 (전설의 싹이 보인다)

글쓰기 분야에서 전설이 되고 싶다면 이야기를 남겨라 남을 가치가 없는 이야기는 알아서 사라진다 나를 철저히 이용하고 나를 배신하는 글을 써라

세 가지 색깔의 약

TV 심야 영화가 끝났다 처방된 오늘 분치 약봉지를 찢
는다 노란색 하늘색 흰색의 알약 굳이 구분할 필요 없이
물과 함께 삼키면 이들 중 하나는 분명 나를 잠으로 데려
갈 것이다 세 가지 색깔이 데려가는 잠은 근사할 것 같지
만 간신히 끌어다 덮는 꿈처럼 나는 자주 추방된다 깨어
있고 싶은 시간을 너무 오래 걸어온 탓일까 퇴직 후 나의
잠은 판서 흔적이 지워지지 않은 칠판 같다 까만 바탕에
또박또박 흰색 분필로 내일을 쓰던 날이 그립다

아내의 토끼

보풀*은 여러해살이풀이다 겨울에 볼 수 있는 보풀을 뜯어 먹는 토끼가 있다 애에앵 풀 씹는 소리가 난다 발이 없다 돈이 생길 때까지 나가지 않고 집을 지키는 집돌이처럼 보풀이 생길 때까지 굶는다 거처를 자주 옮겨 다닌다 집에 있지만 늘 외톨이다 아내만 이름을 알고 있다

정식 이름을 알기까지 당신 토끼, 엄마 토끼라고 불렀다

정식 이름 보풀제거기를 알 때까지 당신 토끼 엄마 토끼가 더 좋았다

---

* 보풀: 택사과에 속하는 다년생초로 주로 습지 서식. 보풀이란 이름은 보(洑)에서 주로 발견되기 때문에 붙은 것으로 추측.

이정훈

장수상주수원춘천 평화적허무주의자. 춘천민예총문학협회원.

팔자소관

운명의 타래를 풀지 못할 것이다
그걸 알기에 슬픈 것이고

그래서
인생은 가미되어 있다

어쩔 것이냐
삶이란 그런 것

불협화음은 내 안으로부터의 비명이며
영원에 대한 침묵의 항변이자
슬픈 기도이다

가져본 적이 없는 마지막이란

그런 것.

평화주의자

사라지는 것에 대한 두려움
그 소리 없는 아우성

통영에서 배를 띄우고 해안선을 따라 조개를 심는다
아리따운 미역을 빚는다

세상은 여기저기 위험한 순정과 불안한 외로움으로 얼
룩져 있다
    먼 나라에서 누군가 조끼폭탄으로 소리쳤다
    삶이 불꽃처럼 타올랐다
    두려웠으나 그는

    심다 만 평화가 뒹구는 주말농장
    사람이 떠난 간이역에 침묵이 덩그러니 놓여 있다

    어리석음은 하나의 씨앗에서 비롯된
    잘못은 떨어진 열매가 스며들지 못하는
    그러나 모두가 하나의 인생
    그때의 내가 아니었다면 지금은 없는 것

맑고 차가운 바닷속에 꽃들이 피어 있다
조개는 모랫벌에서 노래하고
햇살은 울렁이며 미역과 춤을 춘다

푸른 고래는
평화가 숨 쉬고 소문이 무성한 대양 속으로
몸을 던진다

우주에 창을 내고

내가 생각하는 아름다운 것들이 모두 시가 되어 날아간
다면

바람에 숨은 씨앗은 빛나는 언약이 되고
구름에 가려도 반짝임은 언제나 별의 것이었건만

침묵하던 겨울이 내리는 눈은
축복이었을까 이별의 유예였을까

박은 대롱대롱 늘어서 차갑고 하얀 눈을 맞는데
아름답던 그이는 어디에 있는 걸까
그 입술에 달빛은 닿아 있을까

속삭이던 강물은 바다의 노정路程에 머리를 풀어헤쳤다
그들의 사랑은 불안스러이 자라고 있는 건지
알 수 없는 것들이 부산하게 움직인다

내가 사랑하는 것들이 훨훨 시가 되어 날아간다면
푸른 하늘의 끝에

거울같이 웃고 있는 내가 있다면

껍질을 벗어던지고 나는
우주에 창을 내어
달빛이 환하도록
입맞춤하고 싶다.

검은 눈

눈은 떨어지면서 무슨 생각을 할까요
여름내 빗물로 씻어낸 세상이 어지러워
하얗게 덧칠해 보고 싶은 걸까

눈은 무슨 마음으로 떨어지는 걸까요
소나기로 후드득 때를 벗기고 보니 오염된 세상
인간의 욕심이 어두워
하얗게 덮어 버리고 싶었을지도

눈은 이 세상에 떨어지면서 아무 생각이 없답니다
오늘만이라도 하얗게 살고 싶어요

눈을 치우지 마세요
삶에 지쳐 비틀거리는 몸뚱이를
눈송이 이불로 받쳐 드리겠어요

욕심 많은 인간이 엉터리로 만든 세상
주름진 세상이 보기 싫었어요

구름 많고 더워지는 세상
검은 연기가 숨통을 조입니다
바닷물은 넘실대고 차고지에 물이 차요
착하게 살고 싶은데 아무도 말을 안 해요

먼저 간 이들이 보기에
뽀얗고 하얀 세상으로 만들고 싶었어요
펄펄 내리는 눈송이는 그대로
우리의 마음인지도 모릅니다

하얗다고 생각했는데
그래서 우리 얼굴을 잠시만이라도 가려줄 거로 생각했
는데
숨구멍이 컥컥 막혀 뱉어보니 검은 침이 나와요
어디서부터 잘못된 건지
검은 먼지로 만들어진 눈물이었어요

온 세상을 덮어주는 검은 눈
이제 하얀 눈꽃 송이는 내려오지 않아요

검은 세상을 덮어주는 검은 눈은 질척거리며
오염된 땅을 더욱 검게 만들어 줍니다
착하게 살고 싶은데 아무도 얘기해 주지 않아요

검은 눈이 하염없이 내리고 있네요
손에도 검은 물이 흘러내려요
검은 눈물이 흘러내려요

사람을 안다는 것은

그 사람과의 경계에서
맞닥뜨린 물물교환 같은 것

무수한 반짝임이
나타났다가 사라진다
순식간에 동조하고
또 벗겨진다

어디까지 흘러갔을까
아는 만큼 보이는 모습
안과 밖에서 자라는 인정의 탑

그는 나의 바람에
흔적을 남기고
바람 속에 숨는다

사람을 안다는 것은
꿈같은 일이다

정지민

춘천민예총문학협회원.

어린 맹꽁이

광부는 막내를 맹꽁이라 불렀지
큰맘 먹고 사다 준 알사탕 한 봉지
해바라기하는 앞집 할아버지 반
침 흘리는 친구들 반
제 입에 한 알 물고 하루가 다 녹을 때까지
빨갛게 웃던 저녁
숫돌에 무딘 시간을 갈면
아내는 옆에서 뭉턱뭉턱 돼지비계 썰던
저녁이 왔지
광부도 아내도 고인돌이 되어
중도에 서 있고
장마가 시작되면 들리는 맹꽁이 울음소리
여태껏 방 한 칸 챙기지 못하고
월세로 둥둥 떠다니지
뒤집어지지도 않는 세상
왜 나만 사라져 가냐며
악 쓰며 울어대지

7월에 내리는 눈

나와 동갑내기 봉의중학교
윙윙거리던 벌 떼처럼
아이들 소리 담장 너머로 넘쳤지
한여름 교사 뒤란 텃밭에
눈이 내렸네
내 맘 버려진 공터에
씨앗 한 줌 뿌렸었지
발길도 눈길도 주지 않았는데
어느새 무릎까지 자란 초록 꽃대들
하얗게 꽃 피고 있었지
씨앗 뿌리는 건
기대를 심는 것
메밀은 야무지게 피어나고
새까만 아이들 여물고 있었네
7월에 내리는 눈은
녹지 않는다네

그날

가을 색 깊은 법당 한쪽
목어 우네

고요해지는 자리 볼 수 있을까
들을 수 있을까

꽃대처럼 앉아 피어올라오는
방석 위에서
순간 그 길이 아님을
알아챘을 때

물고기 한 마리
하늘로
헤엄쳐 갔네

소설

한 꺼풀 어둠 벗고 오는 새벽
잎 떨군 나무들
늦가을은 아직 헛된 바람 불고
이별은 미련 없어 가벼웠다 팔랑
하룻밤에 열두 번 헤어진
머리맡엔 서리가 내려 있었네
붉은 탯줄 자른
태양 떠오르면
툭툭 흩어진 머리카락들 털며
한 잎만큼 가벼워진 하루
아직 소설은 끝나지 않았네

정클잎

2010년 『시현실』 등단. 춘천민예총문학협회 회장 역임. 춘천민예총문학협회원.
빛글문학 동인. 강원여성문학인회 회원. 시집 『시간의 맥을 짚다』.

비문증

밤은 문장을 낳는 거대한 낱말밭
저문 강으로 하나둘 물고기별이 뛰어내리면
떼를 지어 떠오르는 은어 같은 비문들
얼마나 많은 밤의 주름을 접었다 펴야
한 줄 문장이 파닥거릴까
나는 시방당에 주저앉아 등 굽은 관념을 썼다 지우며
째깍거리는 어둠만 홀쩍거린다
생각의 수위가 범람할수록 날파리처럼 따라다니는 단
어들
밤새 별의 부리로 쪼은 어둠의 문장이
꼬리지느러미 흔들며 시어鰣魚 떼처럼 떠오른다

우수雨水

'어쩐지'하는 예감이
당신의 뒤태에서 고개를 끄덕였습니다

겨우내 달고 살았던 영하의 관절은
마디마디에 씨눈 같은 근력을 접붙입니다

약사 천변엔 해동된 발자국들이 삼삼합니다

정현우

1995년 풀잎 시동인 시집에 시를 발표하며 글을 쓰기 시작. 춘천민예총문학협회원. 시화집 『새들은 죄가 없다』, 시집 『초승달발톱꼬리왈라비』, 그림산문집 『그리움 따윈 건너 뛰겠습니다』, 『누군가 나를 지울 때』, 『물병자리 몽상가』, 그림엽서집 『꽃과 밥』 등 다수.

반성

미세먼지 자욱한 봄날 문밖에서 쓰레받기를 턴다
어쩌다 지구에 와서 미세먼지만 늘렸다

마스크도 없는 동물들아 미안하다

사막

동인천역 북광장 나무 그늘 밑에서
노숙자들이 술을 마셨다
구청은 나무를 잘라 그늘을 철거했다

커피믹스

봉화 아연광산 갱도에 매몰됐던 두 광부가 221시간 만에 구조됐다 광부들은 모닥불을 피우고 남은 커피믹스 30봉으로 연명하며 구조를 기다렸다

언젠가 옛날 강촌역에서 커피믹스로 끼니를 때우며 시타르를 연주하는 인도 집시를 본 적도 있다

아침 한 끼를 커피믹스로 때우는 나는 광부들이 구조된 게 내가 구조된 것처럼 기쁘다

르왁도 아니고 예가체프도 아니고 스타벅스도 아닌 커피믹스가 사람을 살린다 커피믹스 같은 사람들이 세상을 살린다

아름다운 중독

밤을 새웠지만 시 한 줄 못 쓰고
빈 밭에 서리만 내린 새벽
밤새 지워버린 문장들은
내면의 맹지로 돌아가고 나는
쓴 술을 마신다

시가 뭐라고 돈도 안 되는 게
다신 시 같은 건 쓰지 않겠다고
詩발詩발 시를 욕한다

그러나 나는 이미 중독자

생生의 비의秘意는
언어의 사원 어디쯤 묻혀 있을까
나는 시가 되지 않는
한 줄의 문장을 또 지운다

일본 우표

옛날 수첩 갈피에서 일본 우표가 툭 떨어진다. 언젠가 교토에서 산 우표다. 누구에게 편지를 쓰고 싶었던 걸까? 우표 속엔 기모노를 입은 게이샤가 서 있다.

2차 대전 때 미국은 교토에 원자폭탄을 투하하려 했단다. 하지만 교토의 목조건물이 너무 아름다워 히로시마에 투하했다는 얘길 어디선가 들은 적이 있다.

오에 겐자부로가 죽었다는 뉴스를 듣는다. 이제 오에 겐자부로에겐 편지를 쓸 수가 없다. 어디선가 일본 향내가 난다. 목조건물 빼곡한 교토의 골목을 유령처럼 배회하며 맡았던 향이다. 오에 겐자부로의 소설 '히로시마 노트' 표지에 일본 우표를 붙인다.

제갈양

춘천민예총문학협회원. 사단법인 우리詩 진흥회 회원.

여름 끝자락에서

계절이 지나는 자리
몸에도 피고 지는 꽃들 있다
심장의 열꽃 또 한 송이 지고
흰머리꽃은 우수수 자라나
빈자리마다 피었다
숨을 내쉴 때마다 이 가련한 폐는
시든 여름꽃 향기를 뿜는다

내 몸에 남아 있는 꽃들
한 송이씩 꼽다가
이번 가을 생애에는
무슨 꽃을 피울 것인가
식은 밥꽃에 물 주는 저녁마다
곰곰이 더듬는 중이다

폭우

일기예보 단 한 줄 없이
퍼붓고 쏟아지고 무너져 내리고
순식간에 범람하는 날 오면

가슴 바닥부터 머리까지 침수되어
불어 터지고 곰팡이 핀 꿈들
햇살 아래 바람 곁에 널자

축축한 기억들 헤집어 말리다 보면
물컹했던 속 단단해지고
차츰 찰지고 달아지지 않겠나

젖은 생이라도 잘 마르면 깊어지지 않겠나

그 바다

미미하고 낮은 것들이 흐르고 흘러들어
마지막으로 기대어 숨을 쉬는 거기
싫고 좋고 옳고 그른 것을 구별하지 않으며
모이고 섞여 얽히고설키며 거부하지 않으며
터지고 용솟음치고 고요해지며
밀리고 쓸리며 노래를 멈춘 적 없는

그 바다 앞에 섰을 땐
덕지덕지 묻혀온 것들 온전히 내던지고
헐벗고 가벼워져 온몸이 가늘어져도 좋다
먼지 자욱한 날들 바람에 너풀대듯 널어놓고
노을 속으로 잠기는 새 한 마리로 날며
고즈넉하게 붉게 물들어가도 좋겠다

봄을 위하여

올해 봄엔 학교도서관 앞 빈 뜰에
나무 한 그루 심어야겠어요
심어두고 가만히 기다리다 보면
어제의 빈 시간들 참 그윽해질 거예요

바람결 따라 가지들 여리게 흔들거리고
비 오면 뿌리들은 깊어갈 테지요
새 학기의 푸른 날들이 자리를 찾듯
나무도 제자리를 알아가겠지요
눈 맑게 책 읽는 아이 창 너머로 곁눈질하며
나무도 힘을 내서 양분을 모으겠지요

매번 눈길 가닿는 그 빈 뜰이 허전했어요
가지마다 눈을 틔우고 싹을 내겠지요
이따금 새가 들어 재잘대겠지요
새싹 같은 아이들도 나무 곁을 찾겠지요

그렁그렁 꿈을 모으는 아이들처럼
나무도 그렇게 그늘을 늘이겠지요

빈 뜰이 꿈들과 노래로 들뜰 거예요
오늘부터 우리의 시간도 부풀 거예요

올봄에는 나무 한 그루를 꼭 심을 거예요
새봄을 향하는 조용한 다짐입니다

눈사태

눈이 날아든다. 단단히 작심한 듯 일시에 전방위에서, 어딘가 잠복했던 이 눈 저 눈들 삽시간에 막 들이닥친다. 예보 없이 생각할 겨를 없이 눈코 뜰 새 없이 문을 흔든다.

앞차가 지나간 길을 깡그리 묵살하고 지워버린다. 끝내 세상의 길을 지워버리고, 온기의 흔적마저 덮어 버린다. 길이 사라진 길을 찾아가기란 얼마나 고단한가. 사람도 개도, 차들도 저 예리한 눈들 때문에 사정없이 흔들리고 비틀거린다.

처음엔 선심 베풀 듯 가냘픈 나뭇가지들은 피해 내린다. 그윽한 풍경들로 눈길을 잡아끈다. 곧 덜 덮인 지점들의 좌표를 한 치의 오차도 없이 찍어 확인 사살한다. 그 살풍경들 앞에서 득의양양 소리를 지르고 사진을 찍는다. 눈들이 짓밟고 지나간 자리는 진창이 된다.

눈들의 몸은 전체가 눈이다. 이제 눈들을 피해 다녀야한다. 아니, 두 눈 똑바로 뜨고 사방을 주시해야 한다. 모두 절름발이가 되어야 한다. 불쑥 허리를 세우는 족족 뒷

다리를 걸어 기습적으로 패대기를 친다. 한번 얼어붙은 눈이 스스로 물러나는 법은 없다. 눈들이 사라질 때까지는 대낮에도 이불을 뒤집어써야 한다.

하얀 눈은 하얄수록 음험하다. 새하얀 거짓말 천지다. 겉만 눈부신 미혹이다.

조현정

춘천민예총문학협회원. 시집 『별다방 미쓰리』, 『그대, 느린 눈으로 오시네』.
2021년 강원문화예술상, 2023년 제2회 실레작가상 수상.

그 별에서 보기로 하자

우리를 편협하게 하던
말의 겨울도
이제 끝이면 좋겠어

이 별에서 사라진 것들은 모두,
그쪽 별로 건너가
다시 모인다지

벌, 나비, 꽃, 새들의 지저귐
산들거리는 바람, 뭉게구름
아, 서로 건넨 축복의 말들로 달아오른
크리스마스 장식들

우리는
말이 쓸모를 다하는
그 별에서 보기로 하자

영원할 것처럼 빛나던 마지막 언약은
내가 가지고 갈게

시라는 모종의 잔해 1

   너는 루틴이라는 말을 처음 들었을 때 건강보조제인 줄 알았다고 했다 어린애가 우리말 깨우치듯 감이 왔다고 규칙적인 건 건강과 아주 관련이 없는 것도 아니어서 강박과도 통한다고 했다 가지런한 건 너에 대한 의도적인 정성으로 보일 수 있으므로 살포시 긍정적이다 사회생활이든 회사생활이든 아주 이따금씩 정돈을 즐기면 그뿐 쌓인 서류를 한 번에 갈아버리고 쌓인 인간관계를 한 번에 끊어내고 제자리로 돌아올 일정한 주기 안에서 다시 어지르며 살아가는 것

시라는 모종의 잔해 2

규칙적인 친절함을 기대했던 걸까 머리 MR을 찍을 때 불규칙 소음에 당황했다 불편하면 오른손을 드세요 처음부터 다시 시작하면 더 괴롭지 않겠나 괴로운 건 빨리 끝내는 게 상책이다 완전하진 않지만 이 불편한 세계에서 피신시켜 줄 방법을 찾았다 아이언맨 마스크를 쓰고 풀밭에 누워 아니, 이름 모를 벌레가 득실거릴지 몰라 나무 벤치에 누워 아니, 죽은 나무는 말고 그래, 달빛 내리는 눈밭이 좋겠다 거기 누워 너와 부르는 후렴 많은 노래가 소음을 이겼다 졌다 시소를 탄다

시라는 모종의 잔해 3

괜찮다면 토요일은 빼줘 첫째 토요일엔 서울에서 온 옛
애인을 만나고 둘째 토요일엔 일요일에 결혼하는 애인을
만나려고 해 셋째 토요일엔 시를 쓰는 애인과 등산을 좋
아하는 애인 중에 선택을 하고 넷째 토요일엔 농사짓는
애인과 강냉이를 사러 시장에 갈 거야 일월화수목금은 모
두 너에게 달려갈게 모든 계절과 모든 날씨를 함께 걸을
게 근데 너는 자꾸 토요일 날씨만 이야기하며 웃는구나
너에게도 토요일은 구하기 힘든 건강보조제 같은 거 일종
의 루틴 같은 거

시라는 모종의 잔해 4

　나쁜 소식으로 심장이 쿵 내려앉곤 했다 인생이 좋아지지 않으니까 나빠지는 쪽으로 걷는 게 편했다 죄인 줄 모르고 지은 자의 감옥은 너무 캄캄하지 않았으면 좋겠다 일정한 시간에 밥을 먹고 일을 하고 운동을, 아, 나는 운동이 정말 싫다 야야! 얼마나 산다고 그래 그냥 하고 싶은 것만 하고 살아! 하기 싫어도 해야 살 수 있어 야야! 냅둬! 아직 살 만하니까 안 하는 거야! 지가 죽겠으면 다시 할걸! 너의 변덕스러운 응원으로 오늘도 맥쩍게 걷는다 난 출소를 꿈꾸는 무기 징역수다

최관용

1991년 『작가세계』 시로 등단. 춘천민예총문학협회원. 시집 『아빠는 밥빠 그래서 나빠』

천마도

달리는 말 위에서
고삐 놓고 두 팔 펼쳐
애마와 함께 철조망 쳐진
수평선 단숨에 넘어
천국의 하늘
영원히 날고 싶다.

숲속의 詩O2

숲 속 詩O2의 여자.
눈 부詩게 빛나는
밀림의 햇살 투명한 누드로
비번도 없이 들어와
잠자는 세포
일일이 입 맞추네.
내가 선물이야.
피톤치드처럼 속삭이며
멈추었던 심장의 피톨
다詩 뛰게 하네.

미운 오리

눈엣가詩 미운 오리가 백조로 바뀐 것은 개인적인 노력의 결과가 아니다. 아무리 노력하더라도 다름을 무詩하고 왕따 하려는 색깔 이데아의 블랙리스트에서는 詩뮬라크르의 오리가 가詩털처럼 자신에게 박힌 미운 색을 빼고 백조가 되어 훨훨 하늘을 날기는 힘들 것이다.

콩순을 주며

콩순을 주다가 문득 떠오른 생각. 남들보다 웃자라서 우쭐거리면 콩순을 주는 것 아닐까? 詩건방진 것에 詩무 룩하거나 무詩를 해서 그의 과詩가 詩름詩름 詩들어 버리 게 하는 것 아닐까? 詩체처럼 싸늘하게 지금 내 시가 처참 하게 외면을 당하는 건 누군가 콩순을 자꾸 주고 있기 때 문은 아닐까? ㅎ. (그런데요? 세상이 참 무서버서. 퉤퉤퉤. 참 드러봐서. 詩발詩팔이 다 잘려 나가도 색詩처럼 잠자 코 있어야 하는가? ~ 커어. 냠냠. 짭짭. 음냐음냐. 캑캑 ~. 하다가 좀 더 공손해지라고 내게 콩순을 주는 나보다 더 더더 건방진 분께 자꾸만 땡큐 뻐큐 감사~.)

까옥 까옥 까아옥~. 그러나
승昇하다고 자꾸
콩순을 주면
詩발詩팔의 가지
옆으로 퍼져서
콩이 더 많이 열린다.

텔레토비

너밈이 누군가를 좋아 하듯 나밈도 누군가를 가슴에 품고 있다. 너밈과 나밈이 서로 좋아하는 대상이 다르다고 나밈을 무詩하는 것은 황매너다. 넌 뭐하는 놈이냐? 이상하네. 참 수상한 놈이네. 텔레토비의 보라돌이 뚜비 나나 뽀~를 동성애자 보詩듯 그렇게 희롱하는 눈으로 짐승처럼 만지지 말란 말이다. 내밈 보기엔 너밈이 더더더 알 수 없는 밈이네.

탁운우

2012년 『시현실』로 등단. 2011년 『스토리문학』 신인상. 시집 『혜화동 5번지』 춘천민예총문학협회 회장 역임. 빛글문학 동인. 강원이주여성상담소장.

조문

여름비 배롱나무를 흔들고 지나간 날
세상의 모든 국화를 쓸어 담은 듯
노인이 웃고 있다
생생한 거부와 생생한 파괴로 구부러지고 갈라졌을 삶
의 궤적이
찡그린 표정 하나 없이
사막을 다 이해한 한 물처럼 웃고 있다

가사조사관을 만나러 가는 날

가사조사관을 만나기 전, 그녀와 몇 가지 주의사항을 나누었다 양육권을 가지고 오려면 어떻게 해야 하는지

남편과 함께했던 시간이 모두 나쁘지는 않았어요

옥수수를 키우고 감자를 키우고
아이를 안고 배추밭을 서성이던, 오늘도 지속되었을 무수한 내일이 바람개비 꽃 같아요

필라멘트가 끊어져 불이 켜지지 않는 전구 같던 시기, 죽음 속에 있던 저를 만나러 그가 오지 않았다면 오늘 제 운명이 달라졌을까요

그 남자가 왔던 것과 당신의 운명 사이에 아무런 관계가 없다고 그냥 그렇게 끝난 거라고 말해줄 뻔했는데 참았다

가사조사관을 만나기 전, 그녀와 나는 이 머나먼 양육계획서 공란을 어서 빨리 채워야 하므로

키오스크 앞에서 부고를 읽어

휴게소 키오스크 앞에서 마제소바를 주문하다 말고 너의 부고를 읽어

사람들이 빠른 길로 넘치는 속도를 인용할 때
너는 굽은 길도 필요하다고 했었지
굽은 길은 이제 필요 없다는 내게
속도가 전부는 아니라고 말하던 너

우물이 있던 자리에 펌프를 놓고도 우물 자리를 떠나지 못하던 엄마를
닮은 너

굽은 길에 대한 기억은 헤아릴 수도 없고
네가 약속한 미래는 속수무책이야
나와 당신의 실패한 연애처럼

그래
나는 이제 키오스크에서 마제소바 주문해

다만 두 달째 붉은 비가 내려

고삐도 안장도 놓쳐버린, 닳고 닳아 완력조차 사라진
두 주먹 사이로 붉은 비 흩어지던
   그날

   노가다 십 년
   잔뼈가 굵었다는 말, 슬프지 않았는데

   만지다 보면 단단해지던 세월
   부딪치며 이어주던 싱싱한 완력
   반듯하게 이어주면 마법처럼 생기던 철근과 시멘트의
접점

   잘 가는 거라고
   뒤로 가는 게 아니라
   한 계단씩 오르는 중이라고

   적의를 뚫고 언젠가 다시 보자고

   강릉지원 잔디밭

철근공 목숨, 붉게 흩어지던 그날*

인도 캘커타에는 다만 두 달째 붉은 비가 내려
사람들 흰옷 붉게 물들이고 있었다는데

* 건설노조원부지부장 양회동 열사 분신사건(2023.5.8.).

흰 꽃잎 후두둑 날리는 봄

백스무 번이 넘게 그어진 전화번호가 노란 형광펜 아래
몸을 숨긴다
하롱강 가에 두고 온 그녀의 남자가
미필적 고의로 패소의 변이다

그래도 아이만은 보겠다는 그녀에게
읍에서 만난 시고모가 등을 쓸어 주었다

우째 그랬노
그렇다고 세상 끝나지 않는다
밥 잘 먹고 기다려라
머리 크면 이해할끼고 찾아갈끼다

엄마가 보기 싫다며 날을 세우던 아이
골목 끝 목련나무 뒤에 숨어
손을 흔든다

봄이면 저 하얀 손끝에서 꽃잎 또 한 번 후두둑 날리겠다

춘천민예총 문학협회
시문 동인 4집

길은 잃어도 꽃은 피고

1판 1쇄 발행	2023년 10월 6일
지은이	시문 동인
발행인	윤미소
발행처	(주)달아실출판사
책임편집	박제영
디자인	전부다
법률자문	김용진, 이종진
주소	강원도 춘천시 춘천로 257, 2층
전화	033-241-7661
팩스	033-241-7662
이메일	dalasilmoongo@naver.com
출판등록	2016년 12월 30일 제494호

* 이 시집은 2023년 ·춘천문화재단 후원으로 제작되었습니다.